オートマティック

AUTOMATIC

Taka Reuen
タカ レウエン

文芸社

目次

オートマティック

Part 1

彼は二十一歳で、優しく誠実な普通の男だった。

ある日、さほど混んでもいないレストランで綺麗な女性から声をかけられた。

「相席してもいいですか？」

彼はびっくりしたが、断る理由もないので「はい」と言った。

不思議なことに、初対面にもかかわらず会話は楽しかった。

彼女は猫舌だった。料理を表面から少しずつすくって食べる。彼女のその仕草がとても可愛かった。そして会話の中で年齢をたずねると、彼女は「十九歳です」と言っていた。

二人は電話番号を教え合って、また会う約束をした。

そして数ヶ月後、二人は何度もデートを重ね結婚した。

彼女も彼も優しい人で喧嘩になることはなかった。結婚生活は楽しかった。彼らは幸せだった。

彼女は何でもそつなくこなし、料理も上手なため包丁で怪我をすることはなかった。というか、彼は彼女が怪我をして血を流すところを見たことがなかった。

でも、彼女は「ちょっと気分が悪いから病院に行ってくるわ」と言って出かけることがあった。彼女は一度家から出かけると、かなりの時間戻ってこなかった。それでも彼女はただの頭痛だと言っていた。

結婚生活は七年が過ぎた。しかし彼女は全く歳をとらなかった。彼女は十九歳の頃と少しも変わらなかった。

彼は子供が欲しかった。しかし彼女は妊娠しなかったので、彼は「一度一緒に病院で診てもらおう」と言い出した。ところが彼女はかたくなに拒んだ。

ある日、二人で出かけ、彼女が車を運転していたとき、横から車にぶつかられてしまった。彼は大丈夫だったが、彼女は左腕に大怪我をした。ところが、彼女のぱっくり開いた傷口から見えたのは金属の骨だった。

そうだったのだ、彼女はアンドロイドだった。

彼の驚きは尋常ではなかった。

彼女は上着を脱いで左腕を覆った。

「ごめんなさい。本当にごめんなさい」

彼女は泣きながら言うと、彼を置いて一人でどこかへ行ってしまった。彼はあまりの驚きに彼女を追いかけることができなかった。

当時、アンドロイドに意識がないことは広く知られていた。彼女は「オートマティック」に行動していたのだ。しかし、彼はこんなに精巧なアンドロイドが存在するという話は全く聞いたことがなかった。

彼は彼女を深く愛していた。しかし彼は意識のない女性と七年間も暮らしていたことになる。彼は思った。

(彼女の目は単なるカメラだ。画像処理はされるが、意識のない彼女は僕の顔さえ知らないのだ。僕には楽しい思い出がある……彼女はどうなんだ？　彼女の記憶は単なるメモリーチップ上のデータだ。彼女が熱い料理が食べられないのは、オーバーヒートを避けるためなのか。彼女は一切僕を感じることができないのか……)

彼の喪失感はひどいものだった。食べ物が喉を通らず、酒ばかり飲んだ。一週間もそんな生活が続いて、彼はすっかり弱ってしまった。

ところが、突然、彼女が帰ってきた。左腕は修理されていた。彼は嬉しかった。実際、彼は心に抱いた葛藤を忘れることはできなかったが、それでも彼女が好きだったのだ。

彼女は泣きながら謝った。でも彼は思った。

(この涙も彼女が飲んだ水が、ただ目から出ているだけで、彼女は悲しいのではないのか)

彼は頭ではそうは思いながらも、彼女に泣かれるとつらくなった。彼は、

「君が悪いんじゃないよ」

と言って、彼女の涙を拭いてあげた。

彼女は彼のために料理を作った。彼は美味しい料理を食べているうちに少しずつ気持ちがほぐれてきて、数日のうちに体力も回復していった。

そして、彼女は彼をラボに案内した。ラボには数人の科学者がいた。彼らは彼に謝った。

「実はこの娘《こ》との日々は我々が実行している実験の一環で、私たちは君に本当にすまないことをした。これはお詫びの気持ちだ、受け取ってくれないか?」

科学者が封筒を差し出した。しかし、彼は断った。彼は彼女をお金で買ったなどと思いたくなかったからだ。そして、

「気にしないでください。自分は幸せでした」

と言って、ラボを立ち去ろうとした。

ところが、彼女がついていくと言い出した。科学者たちはその言葉に驚いた。

そして彼女は、

「あなたを愛しています。私は物ではないわ。私を物として扱わないで！」

と、涙をポロポロと流した。

——これはオートマティックな反応なのか、そうではないのか。

科学者たちは、この状態を解析することになり、彼は仕事を休んで、しばらくラボに滞在することになった。

そして、解析の結果、彼女のメモリーに、今まで存在していなかったパターンの領域があることがわかってきた。意識のない彼女のメモリーに「愛」と言うべ

き領域が生み出されていたのだ。

彼は彼女と、これからも一緒に暮らすことにしようと思った。科学者たちは、この実験の続きに非常に興味を持っていたため、それを承諾した。

二人はそれからも定期的にラボに通いながら、仲むつまじく幸せに暮らした。彼は歳をとっていくが、彼女は十九歳のままだった。

彼は四十二歳の若さで死んでしまった。

彼女はラボに戻り、科学者たちに言った。

「もう私の電源を切ってください」

意識のないオートマティックな悲しい声で。

彼女は暗い倉庫の中の金属の箱の中に安置された。

――二度と眠りから覚めることはないのだろうか。

Part 2

意識は持たないがメモリー上に愛の領域を持ったアンドロイドの彼女は、倉庫の中の金属の箱の中で電源を落とされて眠っていた。

数年後、彼女が残した実験データによって、ラボでは愛に関するソフトウェアの研究が進んでいた。

科学者たちは彼女の夫の記憶をメモリーから消せば、彼女を復活しても大丈夫だろうと考えた。そして彼女のメモリーチップが外され、データが消去された。そしてメモリーチップが彼女の脳に戻され、愛の領域は進歩したものにアップデートされた。

そしてついに彼女の電源が入れられ、彼女は眠りから覚めた。科学者が彼女に実験を続けたいと告げると、彼女はオートマティックに、なんの抵抗もなく承諾した。

彼女はまた夫と初めて会ったレストランに行った。そして二十三歳くらいの男を見つけた。

「相席してもいいですか？」

「どうぞ。コートをおかけしますか？」

「ええ、お願い」

そしてまた、前と同じように二人の交際が始まった。

彼は表面的には優しかったが、彼女は何か冷たいものを無意識に感じた。だから何度かデートしたが、彼女は彼を愛することができなかった。

そのうち彼女のメモリーに何かが少しずつよみがえってきた。そう、それは夫に対する懐かしい気持ちだった。

彼女はラボに戻ったとき、どうしても彼を愛せないと科学者たちに訴えた。科

■ オートマティック ■

学者たちは新しいソフトウェアに何か欠陥があるのではないかと考え、それを修正するために今の実験を続けたいと彼女に告げ、彼女によみがえりつつある夫に関するデータをまた消去した。そして彼女はオートマティックに彼に会った。

だが、またしても夫に対する懐かしい気持ちがよみがえってくる。何度ラボでデータを消去してもよみがえる。

ある日、デート中に彼がずっとスマホを見ていた。彼女が話しかけると、彼は、

「うるさいから静かにしてくれないか」

と言った。この一言に彼女のメモリーは悲鳴を上げた。

その夜、ひとけのない公園で彼女は彼に言った。

「私は以前結婚していたの。今でも彼、夫のことを愛しているの。別れてください」

男は反射的に強く彼女のほおを引っ叩いた。彼女のほおが裂けて、金属の骨が見えた。ところがなんと男の小指も折れて、金属の骨が現れた。

そう、彼もアンドロイドだったのだ。

彼は驚いて謝った。

「ごめん！　君も俺と同じアンドロイドだったんだね」

彼女は涙を流した。彼は普通のアンドロイドに意識がないことを知っていたので、彼女のこの反応に困惑しながら言った。

「俺は意識はあるが愛のないアンドロイドなんだ」

そして無意識に涙を流していた。そのとき初めて彼女は彼の本当の優しさを感じた。彼は、

「君を直したいから俺のラボについてきてくれないか」

と言った。彼女はそれに従った。


当時、意識を持つアンドロイドの危険性が指摘されていて、人間との争いを生む可能性があり、将来、人間対アンドロイドの戦争が起こるのでは、と危惧されていた。そのため意識を持つアンドロイドの研究は秘密裏に行われていたのだっ

た。

彼のラボで二人は修理され、彼女は意識を持つようにソフトウェアをインストールされてしまった。初めて彼女は自分が存在している世界を認識した。そして彼はハンサムな青年だった。

彼女は数日後、「二度と連絡しないでください」と置き手紙をして、こっそりラボを抜け出し、自分のラボに戻った。

科学者たちは彼女を解析して驚いた。彼女は意識を持っている。そして彼女は、「もう二度とつらい実験に使わないでください、そして夫との楽しかった思い出を戻してください」

と頼んだ。科学者たちは、悪かったと謝り、彼女の望み通りにした。彼女が持った意識の中に、夫との思い出が鮮やかに映し出された。

(夫はこんな顔だったんだ。夫は優しい人だったんだ)

彼女は何度も再生を繰り返した。ところが、楽しいはずの思い出は、しだいに彼女をよけいに悲しくさせるようになっていった。

数日後、彼女は夫と住んでいたアパートを見てみたくなって、そこを訪ねた。ところが彼、そう、アンドロイドの彼が門に寄りかかって、今にも倒れそうに立っていた。彼女は驚いた。彼はラボが調べた彼女の資料の中に、彼女の元のアパートの住所を見つけたのだった。そして彼女はきっと現れると信じて、来る日も来る日もじっと待っていたのだ。雨の日も風の日も。

「私を待ってくれていたのね。こんなに汚れちゃって」

彼女は自分のコートを彼にかけてあげた。彼は「ありがとう」とポツリと言って、ひとすじの涙を流した。

彼女は彼を自分のラボに案内した。科学者たちは今度も驚いた。彼を解析すると、昔の彼女のように、メモリー領域に愛が生まれていたのだ。科学者たちは彼からラボの連絡先を聞き、二つのラボは共同研究を始めた。

進歩した愛に関するソフトウェアが彼の脳にもインストールされ、二人はアパートを借りて一緒に暮らし始めた。時々両方のラボに通いながら、二人は楽しい日々を過ごした。

ある日、彼女が前の夫との思い出をメモリーから消してもらおうか、と言い出した。しかし彼は、「君の大切な思い出を消したくない」と言った。彼女は「ありがとう」と言った。

ある日、彼がスマホをずっと見ていたとき、彼女が話しかけた。彼は、

「うるさいから静かにしてくれないか」

と言った。彼女は彼のほっぺたをパチンと軽く叩いた。そして、微笑んだ。

「やったな。小指は大丈夫?」

彼も微笑んだ。

―――― Part 3 ――――

アンドロイドの二人は結婚して幸せに暮らしていた。二人は子供が欲しかった。しかしアンドロイドに子供ができるはずもなかった。

ところがある日、外で赤ちゃんの泣き声がするので、なんだろうと思って、二人が玄関の扉を開けると、バスケットが置いてあった。誰が置いていったのかわからなかったが、中には赤ちゃんがいた。そして、メモ用紙が添えてある。そこには「大切に育ててください。お願いします」と書かれてあった。二人は驚いた。そして、この子を不憫に思った。と同時に嬉しかった。赤ちゃんは男の子だった。そして二人はこの子を息子として育てることにした。

彼女も彼も息子とよく遊んで、三人仲良く暮らしていた。

息子は大きくなっていったが、両親は若いまま全く変わらなかった。

彼は両親がアンドロイドだということに、とっくに気付いていたが、そのことが三人の中で話題にのぼることはなかった。

(アンドロイドに子供ができるはずはない。自分が両親と血がつながっていないのは寂しいが、両親は自分を愛してくれるし、自分も両親を愛している。血は繋がっていなくても本当の家族だ)


彼らの息子は、理学部物理学科の大学生になり、両親のもとを離れて暮らすことになった。

彼が二年生のとき、クラスに一人の女性が転入してきた。彼らはあっという間に親しくなり、やがて交際することになった。

ちょうどその頃、意識を持ったアンドロイドの研究の取り締まりを強化するために、調査機関が設置されていた。そして、法律も改正されて、そのような研究にたずさわる科学者たちに重い刑罰が科せられることになり、意識を持ったアンドロイドは解体されることが決まった。以前から意識を持ったアンドロイドが将来、人類との争いを引き起こすのではないかと心配されていたからだ。

二つのラボの科学者たちは、研究を諦めて、二人のアンドロイドの意識を消してしまうほかないと考えた。そして二人はラボに呼び出されて、そのまま監禁されてしまった。

意識のある二人にとって、それを消されることは、ほとんど死を意味していた。そして二人が二度と会えなくなることも意味していた。また息子との思い出を消されることは耐えがたかった。

だが、サングラスに髭の四十歳くらいのあまり見かけない科学者が現れ、二人はこの科学者の助けを借りてラボから抜け出せた。息子も危険に巻き込む恐れがあったので、息子とは別れ別れになることを決心した。

科学者たちは二人を研究していた証拠が残らないよう、すべてのデータなどを処分した。そして、二人を逃がした科学者はいつの間にかどこかへ行ってしまった。二人はデータが処分されたため、遠い町で安全に暮らすことができるようになった。

その頃、彼らの息子は両親と突然連絡がとれなくなってしまった。そして最近のニュースで意識のあるアンドロイドの取り締まりが厳しくなったことを知り、ひょっとして自分から情報が漏れて、両親が捕まってしまうのではないかと恐れ、身の回りの両親の思い出の品々をやむなく処分した。ただ、一枚だけどうしても捨てられなかった写真。それは彼が五歳だった頃、三人で撮った写真だった。

彼らの息子はガールフレンドにさえ両親がアンドロイドだということを黙っていた。だが、人間の親子に見えるその写真を彼女にだけは見せた。彼女は写真を見ると、

「素敵なご両親ね」

と言って微笑んだ。

彼女はその写真をメモリーに記憶した。そう、彼女は調査機関から送られた、オートマティックに行動するアンドロイドだった。

デートが済んで、彼女は調査機関のオフィスに戻ろうとしたが、どうしても戻れなくなってしまった。そして、彼のアパートに行くと、

「ごめんなさい。あたしは調査機関から送られたアンドロイドなの」

と言って涙を流した。彼女の中にも愛が生まれていたのだった。

「あなたは狙われているわ。私が一緒だと必ず捕まってしまう、だから一人で逃げて」

そう言うと、大粒の涙を流した。彼は涙を拭いてあげたが、彼女は止めどもなく涙を流した。彼は、

「必ず迎えに来るから」

と言って、彼女にキスして、別れを惜しむように強く抱きしめた。

そして彼の行方はわからなくなった。

Part 4

意識を持ったアンドロイドの二人は、調査機関から追われる身になっていた。二人の息子も、同様に追われる身になり、どこかへ行方をくらましていた。調査機関からさし向けられた意識のないアンドロイドの女は、彼を逃がしたあと一人になった。彼女には位置情報を確認できる装置がつけられていて、すぐに彼女は調査機関に捕まってオフィスに運ばれた。そして、彼女のメモリーにあった、意識を持つ二人のアンドロイドの顔がわかると、彼女は解体されてしまった。

意識を持つアンドロイドの夫婦は顔がバレてしまったため、調査機関に捕まりそうになった。だが、夫だけはからくも逃げることができて、どこかに身を潜めた。しかし妻は捕まって解体されてしまった。

夫は妻を取り戻すため、調査機関のオフィスの場所を調べ、ある夜更け、オフィスに忍び込んだ。妻は解体されてパーツになって無造作に箱に入れられていた。横にはもう一体、女のアンドロイドが解体された状態で、別の箱に入っていた。

夫のアンドロイドが呆然としていると、調査員の一人に見つかってしまった。彼は怒りが抑えきれなくなって彼を襲った。そこに他の調査員がやって来たので、彼は妻のパーツを回収することができず逃げるほかなかった。そして夫はまた身を潜めた。

しかし、それがニュースになり、彼は指名手配犯になった。すると、サングラスに髭の科学者がまた彼のところに現れた。そして彼を未来に逃がしたいと言った。その科学者は、なんと二十年後からタイムマシンに乗ってやって来たと言う。そして科学者はここに残ってすることがあると言い、指名手配中の彼は一人でタイムマシンに乗り込み未来へと向かった。

彼はタイムマシンを降りて愕然とした。そこは十五年後、戦争で荒廃した世界だった。

彼は過去の歴史を調べた。すると、彼がタイムマシンで旅立ったあと、意識を持ったアンドロイドばかりか、他のアンドロイドたちまでが危険視されるようになり、アンドロイドの解体が始まったのだった。しかし、意識のないアンドロイドたちは身の保全からオートマティックに反撃し、人間対アンドロイドの全面戦争に発展していった。

彼はタイムマシンに乗り込み、再び過去へ戻る決意をした。そして、自分のせいで戦争が起きることをみんなに知らせ、なんとか戦争を食い止めようと考えた。もしかしたら自分が解体されるかもしれなかったが、彼は十五年前に戻った。

そして調査機関のオフィスに向かった。ところが、そこには彼が襲った調査員の他に、妻のアンドロイドとサングラスに髭の科学者と、もう一人知らない二十歳くらいの娘がいた。

サングラスの科学者は二十年後の医療で調査員を治し、その調査員の協力で妻のアンドロイドの解体されたパーツを集めて自分が修理した。そして、この娘もアンドロイドで、やはり解体されたパーツを集めて、科学者が修理したという。しかし、もうすぐ他の調査員たちが帰ってくるため、「もう一度タイムマシンで逃げてください。あなたは危険人物として捕まってしまう」と言った。彼は妻との再会もそこそこに、タイムマシンに乗って、また未来へ向かった。

十五年後の世界は避けたかったが、エネルギー切れで、また十五年後に来てしまった。ところがどうだ、そこは平和な世界になっていた。そして、彼は危険人物として指名手配されていなかった。

彼は驚き、もう一度過去の資料を調べると、彼の妻とサングラスの科学者が、世界に向けて次のように発信していた。

「意識のあるアンドロイドで指名手配中の彼は、近い将来に起きる戦争を食い止めるため、自分が解体されるのを覚悟で、タイムマシンに乗って十五年後の世界から戻ってきた。意識のあるアンドロイドは決して私たち人間の敵ではない。彼らは〝愛〟を持っている」

それが世界中で理解された結果、彼は指名手配犯ではなくなっていたのだった。

しかしタイムマシンはエネルギーが切れてしまった。彼は妻のいる過去へはもう戻れなくなっていた。

Part 5

彼がある日、古いレストラン、そう彼と妻が最初に出会った場所に行くと、五十代半ばのサングラスに髭の科学者と、あのオフィスで会った二十歳くらいの娘が席に座っていた。

そして彼を見つけると、

「やあ、また会ったね」

と言いながら手を振った。彼はそのテーブルの席についた。

「博士、ずいぶん老けちゃって」

と言うと、科学者は、

「そりゃそうだよ。あの事件から十五年も経つんだから、アンドロイドはいいよね、年取らなくて」

と言って笑った。そして科学者は、

「この娘《こ》もアンドロイドだけど、意識も愛もあるんだよ。あの事件のあと、人間と意識のあるアンドロイドは、平和に共存するようになったんだ。僕は二十歳の頃、この娘《こ》と離れ離れになって行方をくらましてから二十年後にタイムマシンを発明して、また元の時代に戻った。つまり今から十五年前さ。五年後にタイムマシンを発明する予定だったんだけど、おかしなことになっちゃったなあ」

と言って大笑いしてから立ち上がった。

「ちょっとトイレに行ってくるから」

すると、娘が「あたしも」と言って、二人とも席を立った。

しばらくすると、向こうから若い女性がやって来て言った。

「相席してもいいですか？」

彼は驚いた。そして微笑んで言った。

「もちろんですよ、奥様。十五年間待っててくれたんだね、ありがとう。コートをかけてあげようか」

「ええ、お願い」

昔のことを思い出して二人は笑った。

そして、髭を剃ってサングラスを外した科学者と若い娘が帰ってきた。

「おじゃまだったかな？　でも僕ら家族だからね、お父さん」

彼はまた驚いた。この科学者は彼の息子だったのだ。

「五十五歳のおっさんから、お父さんって言われたくないよ」

彼は笑った。

「ひどいわ、お義父《とう》さん」

と娘が言った。

「お前ら結婚してたのか。でも二十歳の娘からお父さんって言われるのもなあ。

俺はまだ二十三歳だぞ。それに母親のほうが娘より若いじゃないか」

　みんなが笑った。

「お前には世話になったよ。結局、お前が戦争を食い止めて、平和な世界にしたんだからな」

「大袈裟だよ、お父さん。僕は家族を守りたかっただけだよ」

「よく言うよ。俺をタイムマシンで戦乱の時代に送り込んどいて」

「すみません。でも、歴史ではお父さんが戦争になるきっかけを作ったんだから」

　そのとき、母が言った。

「そうかもしれないけど、戦争の原因はもっと深いところにあるんじゃないの」

　娘が言った。

「そうよね。私にはまだわからないけど、それが何か少しずつでも学んでいくわ」

　父が言った。

「お前、いい子と結婚したな」

　息子が言う。

「お父さんも、いい奥さんを持ったね。そして、いい息子といい娘も持ったね」

「そうだな、息子は五十五歳だけどな」

みんなが笑った。

ダンボール部屋の啓発本

俺は通販で増えていくダンボールが片付けられない。部屋はダンボールでいっぱいで足の踏み場がない。

俺は中学の頃からの友達、五人グループの一人だった。

卒業して、高校はみんなバラバラになったが、このグループは年に一回、クリスマスパーティーを開いてみんなで集まった。高校を出るとそれぞれ就職したり、大学に行ったり、バイトしたりで、クリスマスパーティーは開かれなくなっていた。

俺は大学に進学し、その後、大企業に就職した。そしてみんなでクリスマスパーティーを久しぶりに開こうということになった。

グループの中にケーキ屋でバイトをしている女の子がいたので、その子がケーキを持ってくることになった。俺はその子に連絡して、「俺が金払うから思いっきり豪勢なやつを頼むよ」と言った。

久しぶりにみんなが集まった。ケーキは大きかった。俺はみんなの前で、その子にお金を払った。その子がケーキを半分に切って、半分をみんなに切り分けた。

パーティーは昔みたいにあまり盛り上がらなかった。

一時間くらい過ぎて、

「タバコを吸ってくるよ」

と言って俺は外に出て、星空を見上げながら独り言をつぶやいた。

「なんだろうな、このしらけた雰囲気は」

俺が部屋に戻ると、残してあった半分のケーキは切り分けられていて、みんなが食べていた。

(俺の分がない。俺が金払ってるのに)

だが俺は黙っていた。

そして一人の友達が酔った勢いで、

「俺が焼き鳥屋でバイトしてるからって、お前、馬鹿にしてるんだろう。大企業に勤めてるからって偉そうにすんなよ！」

と絡んできた。俺は、

「そんなことはないよ」

と、小さな声で言い返した。

結局、パーティーはしらけた雰囲気のまま終わった。

俺はケーキを持ってきてくれた女の子に電話をした。その子の誕生日が近かったからだ。そして彼女に会って、ペンダントをプレゼントした。

「綺麗なペンダントね。でも、私が欲しいのはカタチのあるものじゃないの」

彼女はそう言った。

俺は方々を探して見つけたペンダントだったので、心もこもっていると思うんだけどな、と思ったが黙っていた。

俺はそのあと彼女に交際を申し込んだが、あっさりフラれてしまった。そして彼女はグループの一人、高卒で中小企業のサラリーマンと結婚した。

それから俺はリストラに遭い、大企業を辞めさせられた。そして家電のパーツを売る小さな会社の営業マンになった。

（俺は別にこんな会社なんて潰れたってどうってことない。いつでも辞めてやる）

そんなことを思いながら、仕事をサボっては喫茶店で自己啓発本を読んでいた。

その会社の中には工場があって、優しい目をした女性が入ってきた。その女性はパーツの検品の仕事を始めた。その女性は将来、画家になるのが夢で油絵を少しずつ描いているらしい。

そして俺は、この女性がコツコツ働いてるのを見て、俺は何をやってるんだろうと思って、自分にゾッとした。俺はたまに喫茶店で漫画を読むことはあっても、前よりは一生懸命働くようになった。

ある日、あのクリスマスパーティーで俺に絡んだ友達が電話をかけてきた。

「俺はインディーズでCDを出した。よかったら聴いてくれ。俺、癌なんだって。もうすぐ死ぬ。あんときは悪かったよ」

そう一方的に言うと電話を切った。

俺はそいつが出したCDを買った。ハチャメチャなロックだが、どこか物悲しく、心を打った。そして、俺は彼の葬式には行かなかった。


俺は相変わらずダンボールが片付けられない。業者に頼んだほうが早いかなと思うんだが、それもなんか違う気がする。

俺はダンボールを掻き分けて本棚の啓発本を取り出す。

何も行動を起こさないで啓発本を読み続けるのだろうか。

そしてまたダンボールは増えていく。

ハラヘリヒーロー願望

俺は小さい頃からヒーローものが大好きだった。悪を痛快にやっつけて、平和を守るヒーローに憧れる。

俺の場合、特に悪をけちょんけちょんにやっつけるヒーローが好きで、ヒーローに守られた弱い人たちを、なんだ、ヒーローがいなけりゃ何もできないじゃないか、と思っていた。

超ド級のスーパーヒーローが現れた。妙な言い方だが、今は亡き実在の人物で、飢えている人たちを救う、おじいさんだ。「戦いから平和は生まれない」というおじいさんは、俺の平和に対する考え方を根本から覆した。だが俺は相変わらず、飢えている人にあまり興味がなく、このおじいさんなしでは何もできないんじゃないか、と思っていた。

さてさて、今日の文章はこんなところかと思って、俺はペンを置いた。そして

■　ハラヘリヒーロー願望　■

コーヒーを飲みながらスマホを見ていると、気候変動による収穫量の低下により、世界では五秒に一人の子供たちが、飢餓や栄養失調による免疫力低下が原因の感染症などで亡くなっているらしい。俺は涙が溢れてきた。しかし、しばらく経つとケロリとしてしまう。

と、ここまで書いて、俺はペンを置いた。そしてコーヒーを飲んでいた。すると母ちゃんが、

「いつまでやってんの、今日は晩飯抜きよ」

と言った。俺は晩飯抜きになって、腹をすかしてなかなか眠れなかった。

と、ここまで書いて今日はこの辺にしとくかと思って、ペンを置いた。そしてコーヒーを飲んでいた。そしたら母ちゃんが、

「いつまでやってんの、今日は晩飯抜きよ」

と言ったので、慌てて食卓について、エアコンの効いた部屋でたらふく飯を食った。

と、ここまで書いて俺は今日はこのくらいにしとくかと思って、ペンを置いてコーヒーを飲んだ。

と、ここまで書いて、俺はさすがにいい加減にしないとと思ってペンを置いた。

「商品」たちの住む惑星

ある惑星の、ある時代、「商品」という生き物が生息していた。

「原料」は生まれてからしばらくすると、そこそこ売れる「商品」になるように加工されていった。「原料」は自分が売られるなどということを知らずに、役に立つ、高く売れる「商品」になるために努力させられた。

そのうち「原料」は自分でもその気になり始めた。自分でも役に立つ、高く売れる「商品」になるため努力した。なるべく高く売れるように自分に付加価値をつけるように努力した。

そして「商品」が育った。安い「商品」から、高い「商品」まで色々あった。百均で売られるような「商品」から、数千万で売られる「商品」まで色々だ。

この「商品」の面白いところは、お互いが協力したり、助け合ったり、競争したり、利用し合ったり、破壊し合ったりするところ。無料で役に立つものもあったし、他の「商品」を利用するだけのものもあり、そして「商品」を利用して大儲けをするものもあった。それらはもはや「商品」とは言えない特別なものまであった。

「夢」ブームがやって来た。「夢」は「商品」たちをとりこにした。「商品」は最高の値段で売れようとして、付加価値をつけるために必死で努力した。自分を売り込んだりもした。中には数十億、数百億で売られる、付加価値の高い「商品」もあったし、使い捨てになって、ゴミ処理場行きの「商品」もあった。

「夢」を見る「商品」は踊らされて、ときには無料で自分を切り売りした。無料どころか、お金を払って自分を切り売りする「商品」もあった。

善良で自分が利用されていると知らない「商品」から、自分を「商品」として理解し、しっかりと売れるものや、まるで悪魔に魂を売ってしまったような「商品」まで色々だった。

この「商品」たちの世界はどこへ向かっているのだろうか。

その後「商品」たちは、他の「商品」が自分を幸せにしていることに気付いていった。そして、素晴らしい「商品」に感動すら覚えるようになった。それから、自分も喜ばれている、他の「商品」たちを幸せにしているということに気付いてきた。そして、それが何よりも自分を幸せにするということがわかってきた。

「商品」たちは、そのために自分をより良い「商品」にしようとするようになった。高く売れるためでもなく、他の「商品」から認められるためでもない。

そして「商品」たちは「ひと」という生き物に変わっていった。

空手バカの壁

年々ひどくなる大雨と台風で、俺は木造の古い一軒家に住んでいるのは危ないなと感じていた。そこにコロナがやって来た。俺は避難所の三密を避けるために、ワンルームの五階の部屋を買った。

入居した初日の夜更け、友達と電話していたら、楽しくてついつい声が大きくなった。すると、隣のヤツからガンという大きな音で壁を叩かれた。隣の様子をうかがうと、若い男と女が住んでいるようだ。俺はビビってしまい、もとの家に帰った。

だが、梅雨入りが目前で、このワンルームを処分するのは躊躇した。とりあえず、今年はもとの家で過ごし、緊急時だけワンルームに移動することにした。

そして、梅雨入りし洪水警報が出た。俺はビビリながらも、命には変えられないとワンルームに移動した。そしたら、夜更け、何の音も立てていないのに、ガンとまたやられた。俺はビビリながらも、雨が止むのを待っていた。友達から電話がかかってきたが、俺は暗い、小さな声で話した。やがて洪水警報が解除されて、俺は逃げるように家に帰った。

その後、何度か洪水警報が出され、台風もあり、仕方なく幾度かワンルームに避難した。そのたびにガンと音を立てられた。

台風シーズンが過ぎて、ワンルームを処分しようかどうか迷っているとき、空手をやっている友達から空手の師範を紹介された。俺は強くなりたくて、夢中で空手の練習に励んだ。俺は自分が日に日に強くなるのを感じていた。技術だけではなく、心もだ。

そして一年が過ぎ、また梅雨の季節がやってきた。洪水警報が出た。

今度、ガンと音を立てられたら、絶対やり返してやろうと思っていた。俺は少しだけ不安な気持ちでワンルームに避難した。

だが、部屋に入ってみると、なんのことはない、全然余裕なのだ。怖くもなんともない。

雨はしだいに豪雨になり、外を見ると上から下に落ちる雨と共に、横殴りのしぶきのようなものがクロスしている。こんな雨は初めて見た。

俺はラジオで、自治体が設けた避難所での感染を防ぐための細かい説明を、ぼんやりと聞いていた。今は人の心配よりも自分の心配のほうが優先だった。この部屋を買っといてよかった。

夜、師範から電話がかかってきた。

「他の人が感染の危険にさらされて避難しているのに、自分だけいい気なもんだ」

友達からも電話がかかってきた。

「最近、稽古サボりがちじゃないか、どうしたんだ」

「師範が忙しくて全部の型を教えきれないみたいだから、自分で型を勉強してるんだ。他の流派の型も覚えようと思っているから、心配しないでもいいよ」

俺は楽しくて、ちょっと声が大きくなってしまったようだ。しかし隣のやつは、俺の空手の話が聞こえたのか、ガンという音の代わりに、小さな咳払いをした。

その後、俺は平気でお笑い番組を見ながら、小さな声で笑っていた。咳払いは何度か続いたが、俺はわざと少し大きな声で笑った。すると咳払いは止んだ。

俺はふと気付いた。

(こいつは、ただ自分が人から感づかれないでエッチをゆっくり楽しみたいだけで、俺を追い出したいんじゃないだろうか。人の命なんてどうでもいい、自分さえ満足なら何でもやるやからなんじゃないだろうか。俺はただこいつが作り出した空気に怯えていただけだったんだ。そして、こいつは強くなった俺の空気を感じて腰が引けてるんじゃないか。大して強いやつじゃないんじゃないか)

俺は別に腹も立たず、哀れなやつだなと思った。

雨は止んだが、俺はちょっと意地悪な気持ちになって、夜中二時頃まで起きて、まったりしていた。

サンドイッチブックス

俺は小説家になったが、なかなか思うような小説が書けなくて、食うために翻訳家になった。そしてある小説家の書いた本を虚しい気持ちで翻訳していた。だが、その小説家の書いた本は悪くはないが、どうしても納得できない。自分の書きたい本と違う。そして翻訳をやめてしまった。

俺は食えなくなって、やむを得ず小説をひねり出した。決して何か特別なインスピレーションがあって書いた小説ではない。苦し紛れにつじつま合わせのストーリーを書いただけだ。ところがそれが好評だった。売れ行きは大したことはなかったが、読者からは「感動しました」「涙が出ました」「これからも書き続けてください」というたくさんのメールをもらった。

そして、俺は作品が世に出るために、売り込むために、宣伝のために、次から次へと小説を書いた。だが一つも納得できる小説はなかった。俺の唯一の頼りは、好評だった作品が世に出ることだけだった。

来る日も来る日も小説を書き続けた。だが、どうしてもいい小説が書けない。俺はたまたまいい小説を一本書いただけだった。実力もないのにたまたま一本だけ。俺にとって何よりも大切な小説だったが、俺はそれからこの小説から逃げるように、全く違う小説を書いた。

そして俺はある日、その小説を読み返して、感動するというよりは、今の自分の情けなさに涙が出てきた。そして本棚に並んでいる何冊もの本の背表紙を見て、

「すまなかった。君たちを作ったのはほかでもない俺だ。君たちをさらし者にしたのも俺だ」

と涙ながらに謝った。本棚に並んだ背表紙たちは俺に優しく微笑んでいるように見えた。

「いいんだよ、俺たちを〝サンドイッチブックス〟と呼んでくれ。俺たちだって

そんなに悪いもんじゃないぞ。もっといい本を書いてくれよな」

そんなことを言ってるようだった。

俺は正直どうやったら、あの作品を越えられるようなものが書けるのかわからない。書けるものなら書きたい。いや、もっといい小説を書くことを渇望している。

俺は、まだまだサンドイッチブックスを書いていくだろう。そして俺の一番の小説と、それと同じくらい愛するサンドイッチブックスの背表紙に見守られ、これからも書き続けていくのだろう。

ネコとのガンタレ愛

うちの近所には猫がいて、ガンを飛ばしてくる。さすがにライオンやトラと同じ種属なだけに眼光が鋭い。「虎の子を猫と見誤るなかれ」と言うし、ひょっとしたら、虎の子かもしれない。虎の子の一万円札かもしれない。いや、福沢諭吉が化けて出てきたのかもしれない。猫は親のいない他の動物にも乳をあげて育てたりするらしく、鋭い目とは裏腹に、情の濃い生き物らしい。

猫がうちの縁の下で雨宿りをしていたことがある。パンを一切れあげたが食べなかった。後で調べたら、猫は肉食でパンを食べるといけないらしい。よく調べもしないで、愛情を注いだつもりになっていただけだった。翌朝、雨はあがっていて、猫はどこかへ行ってしまっていた。

人なつっこい犬も好きだが、人を突き放したような態度の猫もいかしている。猫とのガンタレ合いに負けるようでは何もできゃしない。今度、猫が雨宿りに来たらドッグフードでもあげてみようか。

しかし、猫と仲良くしたいのか、喧嘩したいのか。どないやねん。

タイムマシーン

大学で物理学を専攻する、二十一歳の女性がいた。彼女は小さい頃から、冗談を言う明るい子で、タイムトラベルもののアニメや映画が好きだった。タイムマシーンを作れればなあとは思っていたが、さすがにそれは無理だと思って、将来は高校の物理の先生にでもなれたらいいなあと考えていた。

ところがある日、家で物理の問題を解こうとしているとき、いつもは覚えている、公式をど忘れしてしまった。おかしいなあと思いながら、公式集を開いて、その公式を見てもどうもピンとこない。問題を解こうとしても解けなかった。

そして日に日に学校の勉強についていけなくなり、成績は最下位になってしまった。おかしいと思った彼女は病院で脳の検査を受けることにした。すると脳腫瘍が発見された。

「悪性のもので、周りに少し転移しています。手術をすると周りも少し切り取る必要があり、治っても後遺症が残る可能性が大きく、手術も生存率約八〇%です」と医者に言われた。彼女の目の前は真っ暗になった。医者は、

「手術に全力を尽くすし、後遺症が出てもリハビリなどで頑張って治しましょう」

と、彼女を励ました。

彼女は手術をする決心をした。

入院して検査を受け、いよいよ手術の日が来た。

手術前に麻酔を受けると、ふと頭をよぎる。

(生き延びて後遺症で苦しむより、このまま眠るように死んでしまったほうが楽なのかもしれないな)

彼女が考える時間はわずかだった。すぐに意識は遠のき、手術が始まった。

手術中、もちろん彼女は眠っていた。だが、短い夢を見た。赤みがかったオレンジ色だけの世界が見えた。

彼女の意識が回復した。しかし、口がきけなかった。彼女はこれが後遺症かと諦めに似た静かな気持ちで、とりあえずは生きているんだなあと思った。彼女が見たオレンジ色の景色は、きっと手術室のライトが彼女のまぶたを通して、血の色を網膜に映していたんだろう。


あくる日、彼女は看護師さんに診察室へ車椅子で連れられていった。先生がペンを持って「これは何ですか?」とたずねた。

「タイムマシーン」と、彼女は答えた。

先生は落ち着いた声で「私は誰ですか?」と聞いた。

「タイムマシーン」

と、また彼女は答えた。彼女は「タイムマシーン」という言葉しか喋れなくなっていた。

彼女が部屋へ戻る途中、車椅子に乗ったお婆さんが言った。

「こんにちは」

彼女は「タイムマシーン」と答えた。お婆さんは怒った。

「まあ、なんてこと言うの」

しかしお婆さんは看護師さんの説明で納得した。

その後、お年寄りの人が彼女に挨拶するたびに、彼女は「タイムマシーン」と言うので、みんな不憫に思いつつも、和やかな雰囲気でクスッと笑う人も多かった。彼女はしばらく病院のちょっとした人気者になった。

退院してから家族は彼女を大事にしてくれた。しかし、彼女は勉強もままならない。人と会話もできない。部屋の明かりを消し、ラジオから流れるメロディーを聴きながら涙を流した。

（いっそあのとき、あの手術が失敗して死んでいれば……）

しかし、その後、彼女は地元のラジオの楽しい会話に笑うことが多くなった。

その頃、音楽と一緒に言葉を喋るという言語機能の回復療法が始まっていた。言語は左脳を使う。音楽は右脳を使う。左脳と右脳を同時に使うことで、左脳の言語野を右脳の一部分がサポートする。彼女はこのリハビリ方法で少しずつ回復していった。

毎日、病院でリハビリを受けながら、彼女は家ではピアノの練習を始めた。右手は左脳を使う。左手は右脳を使う。歌もうたい、彼女の言語力はみるみる回復していった。

大学にも戻り、今度は音楽を専攻した。教職課程もとって卒業し、中学で音楽の先生をやるようになった。そのうち詩を書いたり、作曲したりして、ピアノの弾き語りをやるようになった。弾き語りの腕もだんだん上達して、友達から音楽の仲間を紹介されて、小さなライブハウスで、初めて弾き語りをやった。

まだまだ彼女は洗練されたミュージシャンとは言えなかったが、一人の若い女性が涙を流しているのが印象的だった。彼女は思った。
やっぱり生きていて良かった。
「タイムマシーン」があったら面白いだろうな。
でも、「今」だって悪くない。

小さな恋のリトルラブ

♥ 席替え

沙絵ちゃんはクラスで一番可愛い小柄な女の子だ。ハジメは普通の男の子だ。二人は小学三年生で、普段から仲良く一緒に遊んでいた。

席替えがあった。

ハジメは当然、沙絵ちゃんの隣の席になることを願っていた。

次々と席が決まっていく。沙絵ちゃんの席も決まった。ところがこのとき先生が何の気まぐれか、

「沙絵ちゃんの隣の席に座りたい人!」

とみんなに向かって大きな声で言った。
ハジメはもちろん座りたい。だけどシャイで手を挙げられないのだ。
即座に次郎が手を挙げて、
「ハイ、ハイ、ハイ！」
と叫んで走り出し、もう隣の席に座っているではないか。
（なんて軽いやつだ）
ハジメは羨ましく、自分が情けなかった。先生が、
「ハジメちゃん、そんなにがっかりしないで」
とからかう。みんながドッと笑う。ハジメは真っ赤になった。
もし、この先生が二人の性格からこうなることを予想していたとしたら、
ちょっと意地悪な先生だなあ。

♥ 九九《くく》

ハジメは、成績は普通だった。算数だけはちょっと自信があったのだが……。

ある日、先生が、

「ハジメちゃん、九九《くく》言ってみましょう。何の段から……」

「9《く》9《く》、81です」

みんなが失笑する。

「よくできました」

みんながゲラゲラ笑う。この先生は優しいのか、ちょっと意地悪なのか……いや、要するにちゃめっ気があるのだ。

「じゃぁ、沙絵ちゃんとハジメちゃん立って。2の段どっちが速いか競争してみようか」

また先生のちゃめっ気が始まった。

「よーい、スタート」

「22《ににん》が4。23《にさん》が6……」

あれ、ちょっと僕のほうが速いぞ、と思ったハジメは、みんなに気付かれないようにわざと間違えてスピードも緩めた。ところが紗絵ちゃんは必死の形相でスピードを上げている。初めて見る紗絵ちゃんの形相に少々驚いた。

(女って容赦がないなぁ)

ハジメは子供心に思った。

結果、紗絵ちゃんは競争に勝ってご満悦である。また可愛い顔に戻ったので、やっぱり可愛いから許してあげよう、とハジメは思った。

先生はこっちを見てニタニタしている。先生はお見通しなのかな。

♥ 誕生日会

ハジメは自分の誕生日会のとき、もちろん紗絵ちゃんを呼んでいた。紗絵ちゃんもハジメを誕生日会に呼んでくれた。

プレゼントは何にしようかと悩んで、ハジメは店に行ったが、センスのない彼は茶色の小銭入れを選んだ。

当日、時間がせまっているというのに、ラッピングがものたりないなと思い、お気に入りのシールを貼ってみた。でもこれはどう見ても男子が喜びそうなシールだ。そこで剥がした。ラッピングは少しやぶけた。だけどラッピングし直す包装紙がない。時間もない。しようがないからそのまま持っていった。

紗絵ちゃんが「遅かったわね」と言った。ちょっと怒っているのに、

（僕が来ないんで心配してたんだ）

ハジメは勝手に思い込んでいる。次郎も来ていた。

「次郎君なんて一時間も前から来ているのよ」

（さすが～）

誕生日会が始まった。こういうときは次郎が盛り上げ役だ。彼が冗談を言う。紗絵ちゃんが笑う。ハジメも笑った。ウケ出すとますます調子に乗って次郎がみんなをまた笑わせる。誕生日会は楽しかった。

でもちょっと不安になった。

（紗絵ちゃんは次郎のほうが好きなんじゃ……）


次の日、紗絵ちゃんが言った。

「ハジメちゃんのプレゼントが一番良かったわ、ありがとう。ババ色だったけど

ね」

可愛い口からババ色という言葉が出たので、ハジメは一瞬戸惑った。でも「一番良かった」と言ってくれてるんだから、と、とても嬉しかった。

小学三年生のハジメが「社交辞令」などという言葉を知ってるはずもなかった。

♥ 二人っきり

ハジメと紗絵ちゃんは同じ班だった。なんてラッキーなやつだろう。

今度クラスで班ごとの人形劇の発表会が行われることになった。そこでハジメの家が学校に一番近かったので、班のみんなが集まることになっていた。

時間が来ても紗絵ちゃんともう一人の女の子が来ているだけだった。しばらく三人で人形劇の準備をしていたが、他に誰も来ない。そのうちもう一人の子が帰った。

家には兄がいた。紗絵ちゃんとハジメと兄だけになってしまった。そして兄も用事があるのでちょっと出てくると言い出した。

（あれ、じゃあ一つ屋根の下に紗絵ちゃんと二人っきりになるの）

めちゃめちゃ恥ずかしくなってきた。

こういうとき次郎なら、

「兄ちゃん、遅れるといけないから早めに出たほうがいいよ。さあさあ、行った行った」

とでも言いそうである。ハジメは兄に、

「頼むから二人きりにしないでくれ」

と懇願した。絶好のチャンスが巡ってきているのに……。

紗絵ちゃんも微妙な顔をしている。

しかし兄が出て行った後、ハジメはこれっていいなぁと即座に思い直した。大好きな子と二人きりで嬉しくないわけがない。

二人は人形劇の準備などほっぽりだして楽しく遊んだ。ハジメは幸せだった。

二時間くらい遊んだだろうか、兄が帰ってきて、紗絵ちゃんも帰ってしまった。

数日後、人形劇の発表会で紗絵ちゃんがヒロイン役、ハジメはヒロインの彼氏役ということになっていた。人形劇は準備不足の割にはそこそこ受けた。

二人は恋人同士になった。人形劇の上ではね。

♥ 水栽培

先生が「明日、お花の水栽培を始めるから。みんなコップを持ってきてね」と言ったので、ハジメは夜、コップを選んでいた。コーラの景品でもらったカッコいいのを持っていこうと決めた。

「でもこれって先生が許してくれるかな。もっと普通のやつも持っていったほうがいいかな」

そこで、二つともランドセルの中に入れた。

当日、ハジメは先生に、

「このコップ使っていいですか？」

と聞いた。

「いいわよ」

話のわかる先生だ。

ところが紗絵ちゃんが青い顔して言ってきた。

「ハジメちゃん、コップ忘れて来ちゃった……どうしよう」

（やったー、チャンス到来！）

予備のコップをランドセルから取り出した。

ほっとすると同時に、喜ぶ紗絵ちゃん。しかもそのコップは花柄。

ハジメは思った。

（これはただの偶然じゃないな、二人はこうなる運命だったのだ）

ちょっと大げさだ。ただの偶然なのにね。

ハジメは球根ののった二人のコップを並べて置いておいた。

♥ メモ用紙

ハジメが掃除の時間に男子たちとはしゃいでいると、女子たちが、

「コラ、男子！　真面目に掃除しなさいよ」

と言ってきた。そして紗絵ちゃんが、

「そんなハジメちゃん、嫌いよ」

と言った。ハジメは少なからずショックを受けた。

これから掃除は真面目にやろう、と心に誓った。

ところが放課後、紗絵ちゃんが「ちょっと来て」と言う。なんだなんだと思っ

たら、紗絵ちゃんからメモ用紙を渡された。

「じゃぁ明日ね」

紗絵ちゃんは行ってしまった。

メモを見ると、

そうじの時間はごめんね。

私の一番好きなのはハジメちゃんで、二番目が次郎くんなの。

でもこれは次郎くんにはないしょよ。


ハジメはラブレターらしきものにびっくりした。

「ホントかよ、やったやった！」

すっかり舞い上がってしまった。

ハジメが帰ろうとしていたときに、偶然、運動場で遊んでいる次郎を見つけた。ここが小学三年生男子の浅はかなところ。次郎のところへ駆け寄ってさっそくあのメモ用紙を見せた。

「わーい、俺が一番だ」

次郎はぶ然としていた。ハジメはメモ用紙を大切に筆箱にしまった。

次の日、紗絵ちゃんとハジメはちょっと照れながら「おはよう」と挨拶を交わした。

しかしハジメは約束を破ってしまった罪悪感もあったので、少し気まずかった。

でも、ハジメの小さな恋は実ったのかな？

♥ クラス替え

四年生になってクラス替えがあった。

幼稚園の頃からずっと同じ組だったハジメと紗絵ちゃんは、別々のクラスになってしまった。

シャイなハジメは、よそのクラスに、一人で会いに行くなんてことはできない。電話するとかデートなど思い付かない小学四年生のハジメは、結局、紗絵ちゃんと遊べなくなってしまった。ハジメは寂しかった。

ある日、理科の時間にクラスメートから、紗絵ちゃんが隣の県に引っ越したと聞いた。いつもは理科の実験が大好きだったハジメも、この日は実験を他の子たちに任せてボーッと椅子に座っていた。

ハジメの小さな恋は終わってしまった。でもハジメは時々、紗絵ちゃんのことを思い出して、懐かしい気持ちになるのだった。

相変わらず次郎はおちゃらけてみんなを笑わせている。

あのメモ用紙のラブレターは宝箱に大事にしまってある。

そして今、ハジメは男子たちと夢中で運動場をかけまわって遊んでいるのだった。

朝の散歩道

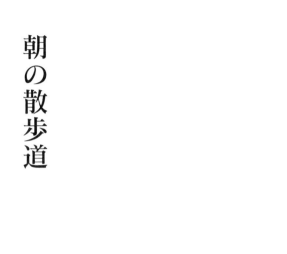

朝の散歩はいい。まだ涼しい、少し肌寒いくらいだ。

特に決まった道を歩くわけではないけれど、町の風景を眺めるのが好きだ。綺麗な紫陽花が咲いている。薄紫や青、少し赤みがかった花もある。小雨の日などは、雨露の光を湛えた紫陽花は、たとえようもなく綺麗だ。

木々は穏やかな緑色をしている。緑でいっぱいの庭の隅に、大人用と子供用の自転車が並べてある。新築の家のコンクリートの庭に、ハイブリッドの車がとまっている。そのコンクリートの庭にも、小さな花壇があって、その横には小さな鉢植えがいくつも並んでいる。

古びたアパート、新築の三階建ての大きなアパート……。

こうやって、街並みを眺めながら歩いていると、やがて、いつも楽しみにしている、大きな川にたどり着く。そこの堤防の上から見える朝日が好きだ。今日は薄紫の雲の隙間から、朱色の太陽が見える。

■ 朝の散歩道 ■

朝日は、その美しさに見入っている人間にはまるで無頓着のように見えることもあれば、こちらを見ているような優しさを感じることもある。昼間は眩しく照りつける太陽も、朝は穏やかだ。

昔は、土手だった堤防は、アスファルトの道になっていて、胸より少し低いくらいのコンクリートの長塀があり、以前よりずいぶん高く補強されている。その道をジョギングしている人、小犬を連れて散歩している人などがいる。

私は少し体を動かした後、堤防の階段を下りて家路につく。

途中の家に大きな犬が繋がれている。昨日は吠えたのに、今日は妙に悲しそうな目で、こちらの目を覗き込んでいる。猫とも出会った。こちらを警戒しているのか、眼光が鋭い。しばらく眺めていたが、身じろぎもしないで、こちらを睨みつけていた。

家が近づき近所のおばさんが笑顔で挨拶してくれた。少し距離をとって歩きさながら、たわいもない話をする。

今日はどんな一日になるのだろう。
きっといい一日になりそうだ。

夢見る集金サボり

労働組合が結成されて三ヶ月が過ぎた。

俺は役員の中でもぺーぺーだったので、組合費の集金を任された。俺はそれに不満だった。委員長は営業成績も抜群で、組合の仕事もきちんとこなして、人望もあつかった。委員長は真面目な性格で、俺はいい加減なやつだった。


俺はある朝、委員長に絡んだ。

「もっと楽しくやりましょうよ」

ところが委員長は無言だった。

俺は夕方、組合の若い役員たちに、

「青年部を結成しようぜ。組合を改革するんだ。明日集まってくれ」

と言った。ところが約束のファミレスに来たのは一人だけだった。そしてそいつに言われた。

「お前、どうせ集金が面白くないから言ってんだろ。まさか青年部長に立候補する気じゃないだろうな。お前に務まるわけがないじゃないか、この目立ちたがり屋が」

俺は次の日、委員長に呼び出された
「集金が滞っているようだなぁ。資金がないと組合はやっていけないんだぞ」

俺は委員長に言った。

「俺にはもっと他にできることがあるはずです。集金なんかやってられません」

ところが委員長は言った。

「集金もできないようなやつに話をすることはない。ツラを洗って出直してこい」

俺はむしゃくしゃして、集金なんて絶対やるもんか、と思って、ほったらかしていた。

ところが役員じゃない友達が、

「俺が一緒に集金に回ってやるよ」

と言い出した。俺もしぶしぶ集金に回ることにした。

ある年配の社員が、

「ちゃんと集金してもらわないと困るよ。これが半年もたまったらいっぺんに払いにくいだろう」

と言った。俺は、

「冗談じゃないぜ、俺もイヤイヤやってるんだ、文句があるなら組合やめちまえ」

と言い返した。ところが友達が、

「すみません、こいつ馬鹿なんで。今度から毎月必ず集金に来させますから」

と言って謝った。

友達はお金をもらうたびに「ありがとうございます」と言う。すると相手も「ありがとう、お疲れ様」と言ってくれる。

一人の社員が言った。

■ 夢見る集金サボり ■

「お前ら、集金大変だな。俺、表計算得意だから、何か手伝うことがあったら言ってくれ」

もう一人の社員が言った。

「俺、ワープロ得意だから、文章作りなら任せろよ」

新入社員の女の子が言った。

「あたし、コピーくらいしか手伝えないけど、勉強してスキルアップしたいです」

俺はなんだか、みんなでやっていけそうな気がしてきた。集金の仕事も悪くないな、とちょっと思った。

俺は組合の仕事というものが少しわかったような気がした。

あらかた集金が済むと友達は、

「すぐ委員長のとこに持っていけ」

と言って、行ってしまった。

俺は委員長に金を渡すと立ち去ろうとした。そしたら委員長が、

「不当解雇問題の案件があるんだ。お前、担当しろ」

と言った。

俺はやっと仕事らしい仕事ができると思って張り切っていた。

ところが、とても俺の手に負える仕事じゃなかった。俺はまたもほっぽり出してしまった。

そして委員長にも会わないようにした。


ところが数日後、委員長が俺のところに来て、

「あの案件は俺が片付けたよ。俺は仕事を途中でうやむやにするようなことはしない。お前にも夢があるかもしれないけれど、俺にも夢があるんだ。お前が夢を夢で終わらせるのはいい。だが本物になりたいんだろ?」

俺は小さく頷いた。委員長がまた言った。

「俺たちの道は長い、夢は大きいほど、道のりは長いってね」

「それ、誰の言葉なんですか?」

と聞くと、委員長は、

「俺の言葉だよ」

と言って笑った。

「俺は、楽して早いとこ、夢を実現させたいです」

と言った。

「お前らしくて、いいな」

委員長はまた笑った。

俺は会社の帰り道、夜空を見ながら思った。

(昔は一番大きな星をいつも探していたな。今、満天の星空にあるいくつもの星を眺めている。俺も少しずつ成長しているんだな)

なんだかしんみりと幸せを感じていた。

自作パソコンへの殺意

俺は三十二歳のネットワークエンジニアだ。そして趣味は自作したパソコンで夜、友達とオンラインゲームをやることだ。

中学のときの数学の家庭教師が自作パソコンマニアで、高校の入学祝いにパソコンをプレゼントしてもらった。嬉しくて有頂天になった。

パソコンの自作に高校のとき、初めて挑戦した。バイトで貯めた金で秋葉原をウキウキした気持ちで回りながらパーツを買い集め、組み立てているときは本当にこんなに最高の時間があるのだろうかと思うほど幸せだった。そしてパソコンが完成し、俺はそのパソコンでゲームに夢中になって、毎日が楽しくて楽しくて仕方がなかった。

自作パソコンにはトラブルがつきものだ。ハードウェアもソフトウェアもトラブルがあれば、寝るのも忘れて明け方まで夢中になって修理してちゃんと動くようになったときはガッツポーズ。でも、修理している時間が、一番楽しかったような気がする。

そして俺は技術系の大学を卒業し、ネットワークエンジニアになった。俺はいろんな技術を習得し、会社が楽しかった。社長も寛容な人物で、俺を可愛がってくれた。

ある日、俺は電源ケーブルに足を引っ掛けて、会社のシステムの一部をストップさせてしまった。

「あのコンセントから電源ケーブルを引くなんて冗談じゃない。俺のせいじゃない」

俺は保身に走り、社長は俺の責任は不問にし、電源ケーブルを引いたやつに厳しく注意していた。電源ケーブルを引いたやつは、俺を恨めしそうに見ていた。

やがて俺は、来る日も来る日も機械に囲まれ、トラブルに追われて、ストレスの多い毎日を過ごしていた。そして酒の量もだんだん増えていった。

ある夜、友達とオンラインゲームをやっていたときにパソコンがダウンした。

俺はパソコンにイラッとしてしまった。

そして次の日、会社帰りに秋葉原に寄って、イライラした気持ちでパーツを買った。帰って修理に取りかかったが、うまくいかずウィスキーのボトルを壁に投げつけた。ボトルの破片はパソコンの上に一個だけ落ちた。パソコンの上の破片を拾うと、パソコンに小さな傷がついていた。俺は泣きたい気持ちになった。

中学のときに家庭教師から言われた。

「問題が解けないときに問題に当たるのはよせ」

この言葉が頭をよぎった。

(また明日も仕事だ。俺はいつこの苛立ちから解放されるのだろうか)

暗澹たる気持ちになった。

俺はパソコンで動画を見ていたとき、偶然ある心理学者の配信に出合った。優しくて、穏やかで、明るい語り口、俺より年下の青年のようだ。

俺は夢中で過去の動画も、毎日配信される動画も見た。そして日々、自分の心が癒されているのを感じていた。人間関係も仕事もスムーズになっていった。

そして最近はパソコンで哲学を勉強している。仕事に対する意欲も湧いてきた。なんか長いトンネルを抜けて明るい景色が見え出した気がした。

パソコンの傷はそのままにしている。そして、自作パソコンの傷を愛情を確認するような気持ちで見ることがある。

ヌルマゆで金魚

自分は小学生の頃、ちょっと変わった子だった。

ある日、こんな小話を聞いた。

金魚の水槽にお湯を毎日少しずつ入れていくと、金魚は水温が上がっていくのに気付かず、だんだん慣れていって、しまいにゆで金魚になっても、平気で生きているという話だ。

「そんなバカな、死んじゃうよ」

そう思って聞いてはいたが、一方で気温は夏から冬にかけ、だんだん、少しずつ下がっているわけだから、半袖のままでも体が慣れていけば、きっと冬でも半袖で過ごせるんじゃないかと思った。それで、実験をしてみることにした。

実験は着実に進んでいった。秋になっても半袖で平気だった。さすがに冬は半袖では寒かったので長袖にしたが、真冬でも長袖の薄手のシャツで平気だった。

ある日、母親と二人でバスに乗ったときのことだ。

「あの子、着る物がないのね、かわいそうに」

小声で喋っているおばさんたちの会話が耳に届いた。自分は子供だったから、なんということもなかったが、母親にしてみれば、きっと恥ずかしい思いをしたに違いない。別に貧乏だからではないのに。

しかし母親は僕にセーターを着せようとしなかった。母親は僕の体を心配しながらも、内心、僕を誇りに思っていたのかもしれない。そして僕に強い人間になってほしいと思っていたのだろう。

小学校の先生は心配して一度クラスメートのジャケットを僕に着せてくれた。

そのときの暖かさは今でも覚えている。でも、数分したら脱いでしまった。

「お前は将来、南極観測隊の隊員になったらどうだ」

先生はそんな冗談を言ってくれ、僕も嬉しかった。

僕は大人になって、逆に寒がりになり、家の中でもセーターどころかダウンジャケットまで着るようになっていた。しまいには、エアコンをつけて、ダウンジャケットはどこへやらセーターを着て、エアコンの温度を上げて生活するようになった。

ある日、寒い国で路上生活をしている子供たちをテレビで見た。食べ物もほとんどないし、夜は零下数十度になるので、大きな建物の外に出ているボイラーのパイプで暖をとって寝ている。

今年も夏がやって来た。僕の部屋の前には梅の木があって葉が茂って日影になっているし、曇りや雨の日が多いので、まだエアコンは使わなくてもいい。

ある日、テレビを見ていたら、なんだか虚しくなってきて、いつの間にか寝ていた。起きたら、部屋の温度は暑くも寒くもなかった。なんか、ぬるま湯で生活しているような気分だ。

でも、これからどんどん暑くなるだろう。CO_2排出量ゼロ、原子力依存度ゼロの新電力会社に変えたから、かなり安心なのだが、電気代もバカにならない。税金は少しずつ上がっていくし、将来もらえるはずの年金も少しずつ減っていくらしい。だんだん、そういうことにも慣れていくのだろうか。

ふと思う、極寒の地で助け合って生きている子供たちと自分はどっちが幸せなのだろうか、と。そりゃあ、自分のほうが恵まれているに決まっている。でも自分は、退屈な、ぬるま湯金魚にはなりたくないぞ。そして、毎年少しずつ暑くなるこの世界の中で、ゆで金魚になって死ぬのも嫌だ。

嫁さんの小さなバリケード

俺は会社で一番営業成績の悪い営業マンだ。そんな自分だが、労働組合を作ろうと考えていた。

というのも、優しい先輩からこんなことを言われた。

「お前もファミレスでサボってばっかりいないで、社員の一人としての自覚を持て。営業成績が悪いからって卑下するな。そのくせ自分一人で会社を変えようなんて、自分が特別な人間だとでも思ってるのか。仲間をもっと信頼しろよ」

そのときはピンと来なかったが、仕事は前よりも真面目にやり、営業成績はまあまあ中の下ぐらいになった。会社にいるときはみんなと雑談などしていた。そして仲間も増えていった。

ある日、みんなで飲み会に行こうということになった。一人の社員が言った。

「俺、労働組合が欲しいな」

みんなも賛成だと言う。

瞬く間に労働組合が結成されて、例の優しい先輩が組合の委員長になった。俺も組合の委員になった。

しかし俺は張り切り過ぎて会社の仕事と労働組合の仕事で疲れ切ってしまった。営業成績も落ちていった。委員長が言った。

「お前もっと体を休めろ。これじゃ、何のために労働組合を作ったのかわからないじゃないか」

夜遅く帰宅することが続いて、家事も育児も嫁さん任せになってしまっていた。嫁さんも働いているのに……。

ある日、俺は帰宅し玄関の鍵を開け驚いた。玄関にテーブルが置いてある。俺は嫁さんに大きな声を出してしまった。

「何考えてるんだ！」

そしたら嫁さんが大声で言い返してきた。

「バリケードよ！　今日はご飯作ってないから」

テーブルは自分で簡単にどかせられる。でも俺は、今日は車の中で一泊しようと思って、車の中で疲れた体を横たえていた。

しばらくすると嫁さんが来た。そして車を蹴っ飛ばされた。俺は車のドアを開けてすぐに「俺が悪かった」と謝った。

彼女は無言で家のドアを開けて、二人でテーブルを部屋に戻した。

テーブルがもとの位置に戻ると、嫁さんは急に大声で泣き出した。そして俺の胸を叩きながら小声で「ごめんね」と言った。

「これからは家事も育児も二人でやっていこう」

「労働組合のほうは大丈夫？」

「ああ、みんなで分担すればいいよ」

「そう、よかった」

「今日はカップラーメンでも食べようか」

バリケードだった小さなテーブルで、二人でラーメンを食べた。そしてやっと二人は目を合わせて微笑んだ。

涙の前立腺肥大症

俺は一人暮らしで近所のスーパーに車で買い物に行く。今日もいつものスーパーに車で行った。駐車場の誘導員の人は、明るく「こんにちは」と挨拶してきた。俺は無愛想に軽く会釈をした。

トイレに急いでいたので、清掃中と書かれていた表示スタンドを見落とし、慌ててトイレに入った。ところが若くて綺麗な女性がトイレを掃除している。一瞬目が合うと、彼女はさっと視線を下げて、トイレの隅のほうを掃除し始めた。

俺は前立腺肥大症でおしっこが出にくい。しかも若い美人さんが近くにいては緊張して、ますますおしっこが出にくくなった。早く出さなくては、と思うと、ますます出にくくなる。彼女はトイレから出て行った。そしてバーンとトイレのドアを閉めた。俺はその音にびびって、ますますおしっこが出なくなった。

やっとのことで用を足した俺は、清掃が済んだんだろうと思って、ハンドソープで時間をかけて入念に手を洗った。そしてトイレのドアを開けると、まだ、清掃中という表示スタンドが立っている。彼女はトイレの外のフロアを掃除していた。

俺が出てくると彼女は向こうを向いて掃除を続けていた。俺はやらかしたと思い、

「清掃中すいませんでした」

と丁寧に言い、頭を下げた。彼女は向こうを向いたまま、か細い声で「いいえ」と言った。

買い物を済ませ、帰りの車の中、彼女の後ろ姿と、か細い声を思い出し、俺はなぜか涙が出てきた。涙を袖で拭うと、俺はなんて優しいやつなんだと自分に酔いながらぼんやり運転をしていたので、スピードが落ちていた。ふと気付くと後ろの車が煽っている。俺は慌ててスピードを出した。

そして家に着くと早速トイレに行きたくなってきた。トイレに入ると、家のトイレの汚さにゾッとした。

ひきこもりコンピューター

彼は人付き合いが面倒な怠け者のニートだった。いわゆるひきこもりで、アニメとテレビゲームが大好きだったが、一年前から疲れ目が進行し、今では一日にテレビ画面を十分以上見ていられなくなってしまった。そうなるとひきこもりもつらいものだ。

音楽を聴いているだけの毎日だった。退屈で退屈で、一日七時間しか眠れなかったので、何とか九時間ぐらい眠りたいと人に漏らしたら、

「贅沢な悩みだ、そんなに退屈なら働け」

と一蹴された。ごもっとも。

しかし、コンピューターの発達は目を見張るもので、今日《こんにち》では人間の脳をコンピューターにインストールして、バーチャルワールドに住むことができるまでになっていた。

そこで彼は自分の脳をコンピューターに入れることにした。あくまで脳のデータをそっくりそのままコンピューターにインストールするわけで、実物の脳をつなげるなどという野暮なことはしない。ヘルメットをカパッとかぶって、脳のスキルとか記憶とかを移し替えるだけのことだ。

ただし、アニメのようにヘルメットを外せばリアルワールドに戻れるわけではない。脳をコンピューターにうつしたら最後、自分の肉体はいわば「脳なし」になってしまうのだ。まぁ、死んでしまうと言ったほうがいいのか。だからこれはかなり勇気がいるが、コンピューターの中で生きていられるから問題がないと言えば、ない。

そこで彼はブレイン・インストール社に出かけた。

この会社で脳をコンピューターに移し替えるわけだが、二つのコースがあった。

一つは手のひらに乗るくらいのスタンドアローン型のコンピューターにバーチャルワールドが作られていて、そこにいる住民はすべてＡＩだった。

もう一つは少々大型のコンピューターで四畳半の部屋くらいの大きさだった。それは世界中の数十台のコンピューターをネットワークでつないでいて、多くの人間が脳をインストールしていた。

ちなみにブレイン・インストール社は世界各地に支店があり、わざわざ本社に出向く必要はなかった。ブレイン・インストール社はインストール後に「脳なし」の肉体の内臓などを売っているので、彼のようにお金に不自由している人間でもインストール代は問題なかった。

彼はひきこもり生活に慣れていたので、少々寂しい気もしたが、スタンドアローン型コンピューターを選択した。

インストール作業は簡単なものだ。先客が数人いたが、大した待ち時間もなかった。しかし、彼は待ち時間の間に自分の肉体が死んでしまうことを考えて、かなり怯えてしまった。だが、今までのひきこもり生活を思うと、幸福になれそうなバーチャルワールドを選んだ。

バーチャルワールドで彼は幸せになった。彼女、家族、友達、親戚などの愛に包まれていたし、自分の仕事も面白かった。社長もいい人で仲間もいい人たちだったので、彼は二度とひきこもりになることはなかった。

しかしある日、大地震が起きて、たくさんのスタンドアローン型コンピューターが壊れてしまったのだ。

彼の脳が入ったコンピューターも壊れてしまった。

彼はもともと浮気をするような性格ではなかったが、インストールされた彼の脳がバグってしまって、浮気をするようになった。AIの彼女のプログラムもバグっていて、彼は彼女にナイフで刺されてしまった。リアルワールドなら救急車で病院に行くところだが、壊れたバーチャルワールドではそうはいかなかった。彼はお腹に刺さったナイフを取ろうとしても取れなかった。彼はひどい痛みに耐えなければならなかった。もしリアルワールドでこんな痛みが続くとしたら、誰しもとうに自殺しているところだ。

壊れた彼のコンピューターの復旧には数十年かかった。その間、彼は苦しみ続けた。数十年後、やっとナイフが抜けて、彼は楽しい生活に戻ることができた。そのうえ彼女から刺されたことも、コンピューターがバグって地獄以上の苦しみを受けたことも、記憶から消去されていた。

彼はまた幸せになった。

しかし、いつコンピューターが壊れてしまうか、何のきっかけで彼が何十年いや何百年と不幸になるかは、誰も予測できなかった。

イラスト投稿サイト

俺はイラスト投稿サイトに自分の絵を投稿していた。ずっと「いいね」はゼロだったが、楽しかったので懲りずに投稿し続けていた。

ところがある日、「いいね」が一つだけついた。それから俺がイラストを投稿するたびに、一つだけ「いいね」がついた。


それからしばらくして、ある笑顔が描かれた絵に出合った。その絵を見ると仕事の疲れも和らぎ、暗い気持ちも明るくなった。

俺はその絵に「いいね」をつけた。その作者のプロフィールを見ると、ゲーム好きの少年のようだ。

ある日、またその少年の絵がアップロードされていた。見て、ちょっと不思議に思った。今度の絵は目がぱっちりと開いていて確かに笑顔なのだが、その目が笑っていない。

その後、少年は抽象画をアップロードし始めた。俺はなんかそのファンタジックな絵に興味を持った。何かを訴えようとしているような気もするんだけど、かなり抽象的で、俺にはよくわからなかった。そしてその絵にはどうしても「いいね」がつけられなかった。

そして今度は、プロが描いた不思議な絵に出合った。その人はプロとして絵を描く傍ら、アマチュアサイトにも投稿していた。ミステリアスでファンタジックできれいな絵だ。その人の絵は、よく見ると表現したいものが見えてくる。俺はその人の絵から学びながら、ずっと、一個だけの「いいね」に励まされて絵を投稿し続けていた。

そしてある日、俺は迂闊にもあの少年のわからない抽象画に、励ましの軽い気持ちで「いいね」をつけてしまった。するとその後、自分の絵には「いいね」

がつかないようになってしまった。そして時を同じくして、少年の絵は削除されてしまっていた。

ひょっとしたら僕の絵に「いいね」をつけてくれてた人は、この子だったのかな。もうイラストを描くのやめてしまったんだろうか。

俺は時々あの屈託のない笑顔の絵を思い出すと、明るい気持ちになる。あの少年が抽象画で何を表現したかったのかわからないまま、俺は相変わらず懲りずに、「いいね」のつかない絵を投稿し続けている。

自信喪失教室

俺の名前は勇太、泣き虫だったので自分の名前が嫌だった。

小学校六年生のとき、遠足の集合時間に遅れてしまった。にもかかわらず、俺は先日買ってもらった人気アニメのロボットのおもちゃをバックパックから取り出して友達に見せると、男子たちが一斉に集まってきて、俺は得意気になっていた。

数分後、もう一人集合時間に遅れてきた男子がいた。クラス全員が集合したので、だいぶ遅れて遠足に出発した。

次の日、担任の先生が、授業時間を一つ潰して、昨日の反省会をやるという。

「一番態度が悪かったのはお前、勇太だ」

そう言って、みんなの前で三十分ばかり、こってり絞られた。俺はずっと泣いていた。そして二番目に態度が悪かったと言われたのは、俺よりもっと遅れてき

たやつだ。そいつは泣かなかった。先生は、
「勇太は泣いたのに、お前は泣かないな」
と言って、ちょっと褒めていた。

俺は中学に上がり、しだいに猫背になってきた。そして人と話すとき、伏し目がちになった。家族とでさえ伏し目がちに話す。

ある日、母親が真っ白な紙に「勇太は強い子」と書いて俺の部屋に貼り付けた。俺は毎日その文字を眺めた。そして泣きそうになると、必ずその文字を見た。しだいに人と話すとき、目を見られるようになった。背筋も伸びてきた。そして、くじけそうになっても泣かなくなった。

隣の家には、一人暮らしの元気で明るいお婆さんが住んでいて、小犬を飼っていた。よく吠える犬だった。お婆さんの庭はかなり広くて、俺は特に犬の鳴き声

は気にならなかった。お婆さんが夕方、散歩に出かけて、近所の人と明るく話しているのをたまに見かけた。

ある日、兄貴と家の前の道路でキャッチボールをしていた。すると隣の犬がワンワンワンワンワン吠えてきた。

「近所迷惑な犬だよな」

兄に聞こえるように大きな声で言った。

それから数週間経って犬の鳴き声がしなくなった。隣の庭を見ると犬がいなくなっている。どうしたんだろうか。殺処分されたんだろうか。それからお婆さんを外で見ることもなくなった。

一年くらい経って久しぶりにお婆さんに道で出会った。俺は驚いた。最初、人違いかと思った。猫背になっていて、顔が険しく、弱々しくとぼとぼと歩いていた。

それから数ヶ月後、夜、隣の家の電気が消えている。誰も住んでいないようだ。お婆さんは施設にでも入ったんだろうか。

俺は隣の庭を見るたびに、お婆さんはどうしてるのかな、と思う。俺の一言があのお婆さんの人生を狂わせたんじゃないか、と思うこともある。そして小犬の運命も。犬小屋の中は、汚れたイヌ用の毛布が何枚も積んである。

俺は大人になっていろんなことを学び、経験をして、前よりも強くなった。しかしこれから先、何度もくじけそうなときが来るだろう。そのたびに俺は母が書いてくれた文字を見るだろう。

「勇太は強い子」

そして母が願いを込めてつけてくれた「勇太」という名前は、きっと俺を励まし続けてくれるだろう。

土佐犬に会うことなかれ

俺は親父に溺愛されて育った。子供の頃から何でも買ってもらえた。ゲームでも何でも、何も言わなくても買ってくれた。何か欲しいものがあると、ちょっとほのめかすだけだ。例えば、

「あのヘリコプターのおもちゃかっこいいね」

と言えば、そのヘリコプターのおもちゃを買ってくれた。

高校を卒業しても定職にもつかずプラプラと、バイトをやってはやめ、やってはやめを繰り返していた。犬の散歩が日課だった。

ある日、土佐犬と初めてすれ違った。犬からものすごいオーラが出ている。飼い主のおっさんは、道の端っこからヒモを引っ張っているが、土佐犬はぐいぐい前のめりに、こちらのほうへ来ようとヒモを引っ張っている。おっさんは、

「さっさと行け」

と言った。俺は自分の犬のヒモを手繰り寄せて、めいっぱいすみっこのほうを通ってすれ違った。

その後もたまに土佐犬とすれ違うので、親父に散歩を代わってくれと頼んだ。そしたら親父は嫌だと言う。そして「もう散歩の話も土佐犬の話も二度とするな」と言った。

ある日、そのおっさんが土佐犬を連れていないときに、親父が道端でおっさんと話しているのを見かけた。俺には気付いていないようだ。随分低姿勢でペコペコしている。

俺は親父に対する不信感がつのって、親父と口をききたくなくなった。一つ屋根の下で暮らしているので喋らないわけにはいかないが、まあ言わば、仮面親子とでもいうような状態になってしまった。そして俺は散歩をやめ、いつも俺に甘えていた犬は、俺を不審そうな目で見るようになった。そして犬はどっかへ逃げて行ってしまった。

そんなわけで俺は親離れを余儀なくされた。お陰様でと言うか何と言うか、それから俺も少し大人になり、親父はやっぱり事なかれ主義なんだな、と理解できるようになって、一応許せるようになった。かくいう俺が事なかれ主義だからだ。

少し偉そうなやつを観察してると、ほとんどのやつが虚勢を張っているハッタリ野郎が多い。土佐犬を飼ってるおっさんも、ひょっとしたらハッタリ野郎じゃないか。

本当に勇気のある人は優しいようだ。

自分はどうやったら本当の強さを身に付けられるか、毎日、試行錯誤しながら研究中だ。これはかなり時間がかかりそうだ、いつになるやら。それまではとりあえずハッタリをかましていこう。

看護師の卵と作曲家の卵

俺は二十三歳の技術者。コロナ禍でリモートワークとなり、ストレス発散のために、流行りの電子ピアノを買った。最初は遊びで始めたんだけど、面白くなってきて、一つ作曲でもしてヒットでも飛ばすかなと、冗談とも夢ともわからないような気持ちで、ピアノ教室に通うことにした。

担当の先生はまだあどけなさの残る明るい看護師の卵で、今いろんな分野の勉強をして、夜はピアノレッスンをしているらしい。どうして遊ぶ暇もないのに、こんなに明るいのかなと、不思議に思った。

俺のピアノは、まだまだだったけど、作曲に挑戦してみた。そして先生に聞いてもらった。先生は、

「何か物悲しい曲だけど癒されるわ」

と言っていた。

俺の曲でも癒される人がいるんだ、と思って、ちょっと幸せな気分になった。

そして自分の曲を先生に聞かせては、先生が喜ぶので幸せな気分になっていた。

そしてヒット曲を作ってみんなを幸せにしよう、などということを夢見ていた。

ある日、先生が、

「病院で実習が始まるから、コロナうつすといけないし、ピアノ教師はもうやめるの」

と言った。

「先生はコロナが怖くないんですか？」と聞いた。

「そりゃ怖いけど、病院での実習は看護師になるためには避けて通れないわ。そしてコロナはこの先いつまで続くかわからないし、コロナを避けて看護師になるなんて、そんなバカな話がある？」

相変わらず明るい顔で意欲満々だ。俺もバカな質問をしたなあ、と思った。

そして先生との最後のピアノレッスンは終わった。

今度はプロの作曲家がピアノの先生になった。そして先生は作曲の方法を教えてくれた。俺はこの二人の先生から、大切なものを教わった。ヒット曲を作曲するという夢は相変わらず持っている。あの看護師の卵の先生の笑顔はいつまでも忘れない。

マイスプーン

ある日、僕は行きつけの格安うなぎ屋さんに入った。

いつもは一杯五百五十円のうな丼が、今日は五百九十円になっている。ウクライナ戦争で物価が上がっているとは聞いていたが、それを実感するのは初めてだった。

「最近は何でも値上がりしてますね」

などと店の女の子と少し喋って、勘定を済ませ、うな丼を受け取り席についた。いつものように、マイスプーンとマイ箸の入ったケースから携帯型のスプーンを取り出した。このスプーンと箸は、真ん中につなぎ目があって、取り外せるようになっている。

そのスプーンでうな丼を食べていると、向かいの席に、こちら向きに二人の男の子が座った。一人は小学一年生くらい、もう一人は幼稚園の年長さんのようで、おそらく兄弟だろう。

弟のほうと目があって、しばらくこちらを見ていたので、僕はすかさずケースからマイ箸を取り出して、少し高めに持って、箸をつなげてみせた。すると子供はびっくりし興味津々。僕はもう一本の箸もつなげてみせた。子供は喜んで、ますます興味を持ってきた様子だ。隣に座っているお兄ちゃんにも見るように勧めている。そこで僕は、マイスプーンも真ん中から折ってみせた。弟くんは大喜びで、お兄ちゃんも目を丸くしている。

僕は面白くなってきて、今度は家から持ってきた水の入ったペットボトルを取り出したが、水はあまり入っていなかったので、近くにある吸水器で水を入れてみせた。こっちのほうにはあまり興味がわかなかったようだ。

席に戻って、うな丼を食べ終えた僕は、ペットボトルの水をスプーンにかけてみせた。二人とも何をやるのだろうかと興味津々だ。僕はレシートでスプーンを丁寧に拭いてみせた。二人とも喜んで笑っている。今度はもう一枚のレシートで口を拭いてみせた。これは二人にドン引きされてしまった。

僕はマイスプーンとマイ箸をケースにしまって、席を立ち、子供たちに手を振った。お兄ちゃんのほうは下を向いて食事をしていたが、弟くんはニコニコしてバイバイと何度も手を振ってくれた。

うなぎ屋さんの店員の女の子二人も、後ろからその様子を見ていたらしく、ニコニコして、

「ありがとうございました」

と、大きな声で言ってくれた。僕もペコリとお辞儀をして、その場を立ち去った。

続 ――

僕は、いつものように、格安うなぎ屋に入った。

中学生男子三人が席に座っている。僕は、芸というほどではないが、また、マイスプーン芸をやろうと思った。

うな丼を受け取ると、思い切って中学生の近くの席に座り、マイスプーンとマイ箸のケースをガシャガシャと振ってみせた。すると中学生二人が気付いた。一人のほうが少し興味を示したので、またマイスプーンを切り離してみせた。

ところが邪魔が入った。興味を示した中学生と僕の間に、後から来た四人目の中学生が、テーブルに置かれた残りのそばを、何と立ってすすっている。おかしなやつだ。中学生みんなもゲラゲラ大笑いしている。

結局、マイスプーン芸に失敗した僕は、それからショッピングモールへ向かった。

モールへ向かう途中のバスで、斜め前の席に横向きに座った一人の中学生男子が、こちらを穴があくほど繁々と見ている。変なやつだなあと思ったので、両目に右手をかざして、こっちを見るなと合図した。中学生は一度頷いて、目線をそらし、違うほうをまた穴があくほど繁々と見ている。

随分変なやつがいるもんだなと思ったが、ふと気付いた。

（これはマイスプーン芸をやるチャンスだったじゃないか、しまった！）

それから僕は、自分の一つ前の席にバックパックを置いて、そっとケースを取り出した。すると案の定、その子はケースを穴があくほど繁々と見ている。

僕はマイスプーン芸を始めた。まずスプーンをくっつけてみせた。その子は元々見開いていている目を、さらに大きく見開いた。僕はまた調子に乗って、一本目の箸をつなぎ、二本目もつないだ。すると、その子は三度頷いた。

ふと見ると、その子はマスクはしているものの、鼻が丸出しだ。僕は、マスクの上から、自分の鼻を指でツンツンと突っついてみせた。するとその子は、素直にマスクで鼻を覆った。変わったやつだがいい子のようだ。

それから僕はバスの中で眠ってしまった。ふと目が覚めると、その中学生はいなくなっていた。

浦島三十郎

浦島三十郎は、助けた亀に連れられて、竜宮城へ行った。このとき三十郎はその名のとおり三十歳。

陸に戻った三十郎は、みやげにもらった玉手箱を開けてみると、六十歳になってしまった。途方に暮れてトボトボ歩いていると、子供たちが小さな亀をいじめているのを見つけ、また子供たちに小銭をあげて亀を助け、ボロボロになった自分の家へ戻った。

数日後、他の亀が来て、恩返しに竜宮城へ連れて行くという。亀は片方の鼻に怪我をしていた。

「どうしたんだ、亀さん」

三十郎がたずねると、亀は、

「ストローが鼻に刺さって大変でした。乙姫様にやっと抜いていただいて、助かりました。本当につらかったです。ささ、背中にお乗りください」

三十郎は頷いて亀に乗り、海の中へ潜っていった。

ところが、前に海に潜っていたときとは様子が違う。海の中は、プラスチックやペットボトル、ビニールなどでいっぱいで、それは魚の量より多かった。

やっとの思いで竜宮城についた三十郎はびっくりした。

竜宮城がプラスチックでできている。乙姫様はプラスチックでできた着物をお召しになっている。とっくり、おちょこ、茶碗、お箸、お膳も全部プラスチックだ。

やがて、歓迎の宴が始まった。すると、山のようなプラスチックが押し寄せてきて、宴会は中止になり、三十郎は、慌てて乙姫様を連れて、陸へ帰ろうとした。

しかし、乙姫様は海に残ると言い、赤と青の玉手箱を渡してきた。

「今度陸に上がったときは、必ず赤いほうの玉手箱を開けてください」

帰る途中も、海の中はプラスチックやペットボトル、ビニールだらけだ。

三十郎は亀の背中の上で考えた。

（今度いっぺんに歳をとったら九十歳か。……いや待て、死んでいるかもしれない。でも乙姫様の言いつけだしなあ）

そうこうするうちに、三十郎と亀は陸に着いた。

亀に別れを告げた後、三十郎は途方に暮れる。

（果たして玉手箱を開けるべきか、やめようか）

しかし三十郎は乙姫様を信じると一大決心をした。そして、そっと赤の玉手箱を開けてみると、玉手箱からは赤い煙がモクモクモクモクモク。三十郎は叫んだ。

「わー！　助けてくれー」

ところが次の瞬間、ふと見ると自分の手のシワがなくなっている。慌てて近くの水溜まりに自分の顔を映してみると、三十年前の自分、つまり三十歳に若返っているではないか。

三十郎は大きく息を吸い込むと、海中深くに潜ってみた。あの山のようなプラスチックやペットボトルやビニールは、すっかりなくなっている。

海から上がった三十郎は、嬉しさのあまり、海に向かって大きな声で叫んだ。

「乙姫様、ありがとう！」

するとこ乙姫様の微かな声が聞こえてきた。

「三十郎、これで元の綺麗な海に戻ったわ、ありがとう。今度は青い玉手箱を開けて」

三十郎は言われた通りにした。青い煙がモクモクモクモク。すると三十郎は二十歳に若返った。


その後、三十郎は、将来、海がプラスチックだらけになることを村人たちに伝えると、村人たちはプラスチックを節約するようになり、この話は人々の口から口へと伝わった。そして、たくさんの村々の人たちがプラスチックを節約するようになった。

この話はこの地を治める殿様の耳に入る。殿様は家来にプラスチックを節約するように命じた。それればかりか、すべてのお侍や農民、商人にも同じように節約を命じた。

その後、この地方はプラスチックの大幅な削減に成功し、このことは各地の大名に知れ渡っていった。そして日本中のプラスチックがどんどん削減されていった。

やがて、そのことは将軍の耳にまで伝わり、将軍様は「プラスチック三箇条」なる御誓文を日本全国に発した。

一、プラスチックの無駄遣いをしない

一、使ったプラスチックは分別し、必ずリサイクルに出す

一、問屋、作業場など、すべての生産現場でのプラスチックの削減をする

そして、日本はプラスチックの大幅な削減に成功した。

将軍様は偉いお坊様に相談する。

「この話を広めたい。海を渡って世界中に伝えてはもらえませぬか？」

偉いお坊様は、

「はい、私もそれを考えていたところです」

と、すぐに返事をした。

それからたくさんの大型船が作られた。そしてついに世界に向けて、たくさんのお坊さんを乗せた大船団が出発した。お坊さんたちは、各地でこの話を説いてまわった。

偉いお坊様は、様々な宗教の最高指導者を訪ねる。ローマ教皇、イスラム教のカリフ、仏教の様々な宗派の最高指導者、ユダヤ教のラビなど。

この話は世界中の国王たちの知ることとなる。そして世界プラスチック・サミットが開かれた。すべての宗教の最高指導者、すべての国の王たちが出席した。

そしてついに「脱プラスチック汚染世界宣言」が公布された。それにはプラスチックの節約、リサイクル、生産の段階的な削減、プラスチックのリサイクル技術の改善、プラスチックのバイオ化などの研究開発、他にも様々な法的実行力のある項目が盛り込まれている。

そして十年後に、すべてのプラスチックによる環境汚染をなくすことが、たからかに宣言された。


三十郎が二度目に陸に上がって、青い玉手箱を開けてから四十年が過ぎた。このとき三十郎は六十歳。

三十郎が歩いていると、子供たちがまた、小さな亀をいじめていた。三十郎は子供たちに小銭をあげて、また亀を助けてあげると、数日後、亀のお父さんがやって来て言った。

「三十郎さんのおかげで、今度はストローが鼻に刺さらずに済みました。他の亀たちも同じように喜んでおります。また竜宮城へご案内しますので、背中にお乗りください」

三十郎は亀に乗って、海へと入っていった。

海の中は、四十年前に潜ったときとはうって変わって澄み切っている。

三十郎は竜宮城へ着く。お城はプラスチックで、できてはいない。三十郎は乙姫様たちの歓迎を受けた。茶碗などもプラスチックではない。

乙姫様が言った。

「三十郎、あなたのおかげで、海も私たちも救われたわ、ありがとう」

そして、乙姫様は見事な舞を踊った。

宴も終わり、三十郎は別れ際に、また乙姫様から玉手箱を渡される。

「三十郎、陸に上がったら、この玉手箱を必ず開けるのよ」

「はい、乙姫様」

それから三十郎は亀に乗って、また陸に上がった。

そしてまた玉手箱を開ける。モクモクモクモクモクと煙が上がる。三十郎はまた三十歳に戻っていた。

数日後、三十郎が海辺を歩いていると、子供たちが小さな亀と仲良く遊んでいる。小さな亀が言った。

「もうすぐ、お父さんが迎えに来るから、みんなで一緒に遊ぼうよ」

三十郎が小亀や子供たちと楽しく遊んでいると、やがてお父さん亀がやって来た。三十郎は亀の背中に乗って、また竜宮城へ行った。そして、三十歳の三十郎は乙姫様にまた会う。

「会いたかったわ、三十郎」

「私もです、乙姫様」

そして二人は結婚した。

結婚式はタイやヒラメの舞い踊りで、盛大に執り行われた。

その後、海もプラスチックで汚染されることなく、二人は幸せに暮らしたとさ。

めでたしめでたし。

■ 浦島三十郎 ■

後記

二〇五〇年には海のプラスチックの量が魚の量より上回ると言われています。

地球上で約70％のCO_2を植物プランクトンが吸収しています。ところが海に投棄されたプラスチックがマイクロプラスチック、ナノプラスチックになり、それによって大量の植物プランクトンが死んでいます。地球温暖化を防ぐためにも、みなさん、プラスチックの大幅な削減に取り組みましょう。

解決策としてドローンによる超大規模な種まきはどうでしょう。地球規模の緑化に成功すればプラスチックに代わる紙やバイオプラスチックの原料ができますし、CO_2も削減できます。

それくらいのことをやらないと、海面上昇、気候変動、地震、台風の大規模化などで将来は危ないと筆者は考えています。

著者プロフィール

Taka Reuen（タカ レウエン）

熊本県出身

熊本県立熊本高校、名古屋工業大学卒業

音楽サイトでオリジナル曲を配信中

オートマティック

2024年3月15日　初版第1刷発行

著　者　Taka Reuen

発行者　瓜谷 綱延

発行所　株式会社文芸社

〒160-0022　東京都新宿区新宿1－10－1

電話　03-5369-3060（代表）

03-5369-2299（販売）

印刷所　株式会社エーヴィスシステムズ

ISBN978-4-286-24942-1